DÉBUT

D'UN

JEUNE POËTE.

À AMSTERDAM,

Et à Paris,

Chez les Marchands de Nouveautés.

———————

M. DCC. LXXX.

DÉBUT

D'UN

JEUNE POËTE.

A AMSTERDAM,

Et a Paris,

Chez les Marchands de Nouveautés.

M. DCC. LXXX.

ÉPITRE

A

APOLLON.

Sire Apollon, parlez-moi, je vous prie,
Avec franchise; entre les doctes Sœurs,
A votre avis, quelle est la plus jolie?
De les aimer toutes à la folie
J'ai, sans mentir, tant soit peu la manie;
Mais leur conter à la fois des douceurs,
N'est pas permis. Quiconque veut leur plaire,
Doit en chérir une fidèlement,
La courtiser, l'aimer uniquement.
Sur qui jeter les yeux? Que dois-je faire?
Vous conviendrez que c'est embarrassant;
Conseillez-moi, sur-tout soyez sincère,
Je m'en rapporte à votre sentiment.
--Faire un bon choix est chose difficile;
D'abord il faut avoir bien médité,
Si l'on ne veut agir en imbécille;
En pareil cas plus d'un jeune éventé,
Dès le moment que pour la Poésie
Il a montré quelque facilité,

Fait le Grand Homme & fe croit un Génie;
L'extravagant, par ce rêve entraîné,
Va courtifer Melpomène ou Thalie,
A leurs drapeaux il demeure enchaîné;
Bientôt fon nom, au fifflet condamné,
Fait au Parterre éclore une Satire.
Un Vers malin & joliment tourné
Divertit ceux qui veulent bien la lire :
D'un pareil coup mon homme eft confterné;
C'en eft affez, rien ne peut le diftraire,
Tout fon plaifir fe trouve empoifonné.

    —Oui, vous parlez fort bien, la chofe eft claire;
Mais, s'il vous plaît, un mot de mon affaire.
Je vous demande un charitable avis,
Sire Apollon, croyez-en ma promeffe,
Tous vos arrêts par moi feront fuivis;
Mais procédons. Vous logez au Permeffe
Neuf gentes Sœurs; chacune, en vérité,
Sait réunir l'efprit & la beauté :
Un bon confeil & point de verbiage;
Toutes les neuf méritent mon hommage;
Voilà le nœud & la difficulté.

    —Cela fuffit. Calliope a des charmes....
—A fes attraits je ne rends point les armes;
Je n'oferois porter mes vœux fi haut;
Et ce n'eft point du tout ce qu'il me faut.

Bien eſt-il vrai pourtant que je révère

De tout mon cœur ſon ſublime jargon ;

Oui , mon reſpect pour le divin Homère

Va , peu s'en faut , à l'adoration ;

Mais je ne puis me monter à ce ton

Toujours guindé , noblement emphatique ;

Extravagant autant que poétique ;

N'en parlons plus , ſi vous le trouvez bon.

— Je le veux bien ; Erato vous plaît-elle ?

Il ſe pourroit fort bien faire que non ;

Sans aucun fard.... — Eh ! qu'importe ? Elle eſt belle ;

Voilà le fait ; & la ſimplicité

Ne peut jamais altérer la beauté.

C'eſt dans Chaulieu, (1) Lafare (2) ou Saint-Aulaire (3) ;

---

(1) Célèbre Abbé qui vivoit au commencement de ce ſiècle. Dans ſon Recueil en 2 petits vol. *in-12* , parmi une multitude de pièces foibles , on en trouve pluſieurs pleines de chaleur & de poéſie. Son Elégie ſur la mort du Marquis de la Fare , eſt un Ouvrage où tout reſpire le génie & la ſenſibilité. Dans la dernière édition des Œuvres de ce Poëte , qui parut en 1776 , on a ajouté , je ne ſais pourquoi , beaucoup de morceaux qui n'étoient pas encore connus du Public , & qui ſont tout à fait indignes de ſon attention.

(2) Le Marquis de la Fare , grand ami de l'Abbé de Chaulieu. Un petit nombre de Vers heureux l'a mis au rang de nos bons modèles de Poéſie légère.

(3)   Ici l'aimable Saint-Aulaire ,
      Plus vieux encor qu'Anacréon ,
      Avoit une voix plus légère.   *Volt. Temple du Goût.*

Qu'Erato plaît fans fecours emprunté ;
Elle doit tout au pinceau de Voltaire.
Sous les crayons de ces Peintres heureux,
A tout le monde Erato femble belle ;
Un coloris brillant & gracieux
Relève encor fa fplendeur naturelle.
Dans tous les temps à fon culte fidèle,
Gentil Bernard, en fes Ecrits touchans,
A profité de ces tableaux charmans
Dont la Nature eft l'aimable modèle ;
Tableaux exquis, plein d'un vif intérêt,
Et dont notre âge a perdu le fecret.
Le bel efprit, aidé de la grimace,
Nous éblouit avec beaucoup d'apprêt,
Et le vrai beau lui cède enfin la place.
Des Mirmidons fottement glorieux
Suivent de loin Callimaque & Tibulle,
Tout en croyant avoir plus d'efprit qu'eux.
Moi je n'ai point cet orgueil ridicule ;
Et puis d'ailleurs, mille exemples récens,
Dans le befoin, fuffiroient pour m'inftruire ;
Et, franchement, fi parfois j'aime à rire,
Je n'aime point qu'on rie à mes dépens.
Sans s'alarmer de tout ce qu'on peut dire,
Hué par-tout, & fatisfait de foi,
En liberté qu'un Triffotin s'admire ;

Moi je confeſſe ici de bonne foi
Que le ſifflet me cauſe un peu d'effroi:
Beaucoup mieux vaut ne pas entrer en lice.
J'aime la gloire, & dans le précipice
Aſſez de gens peuvent tomber ſans moi.

   --Nous n'avons point parlé de Polymnie.
--L'eſprit atteint de la métromanie,
Elle & Clio ne me conviennent point;
Bien moins encor me convient Uranie:
Enfin mon fort veut que je verſifie
Bon gré, mal gré; retenez bien ce point.

   -- Je vous entends: Melpomène, je penſe,
Eſt votre fait; eh bien! qu'en dites-vous?
De ſes faveurs n'êtes-vous point jaloux?
Mettez en jeu l'amour & la vengeance!
Quand vous voyez au Théatre François
Le Cid, Horace, Alzire, Iphigénie,
Cinna, Brutus, Rhadamiſte, Athalie,
Ces beaux Ecrits, dignes de leur ſuccès,
Ne vont-ils point allumer dans votre ame
Un feu divin, une céleſte flamme,
Dont loin de là vous reſſentez l'accès?

   --Oui, j'en conviens, & la choſe eſt certaine;
Mais quand j'aurois, aidé de vos avis,
Après deux ans de travail & de peine,
Tout en tremblant haſardé ſur la Scène

Un beau Poëme, une Œuvre où tout Paris
Reconnoîtroit la touche de Voltaire,
L'art précieux de captiver, de plaire ;
Pour mon Ouvrage où trouver des Acteurs ?
Lorfque j'entends d'infipides hurleurs
Me dégorger un rôle de Vendôme
D'un ton lambin, dont la froideur m'affomme ;
Ou dans Zamore, empefés Charlatans,
Multiplier des hoquets fatigans,
Et déployer une voix infernale,
Comme un Plaideur dont je tairai le nom,
Quand le matin, glapiffant Cicéron,
Il fait mugir l'écho de la grand'falle ;
Lorfque j'entends l'amoureux Xipharès
Devant Monime expliquer fa tendreffe,
En s'écoutant comme un jeune Français
Qui fait l'aimable auprès de fa Maîtreffe ;
Puis-je à longs traits m'enivrer du plaifir
Qu'un grand Acteur me faifoit reffentir ?
Son air, fes yeux, fes geftes, fon organe,
Peignoient Gengis, Mahomet, Orofmane ;
Toujours conforme à la droite raifon,
Il rendoit tout fans affectation.
Bientôt la Parque, en terminant fa vie,
Dans le tombeau plongea la Tragédie :

Sainval (1) reſtoit ; on l'exile aujourd'hui ;
Et , lorſqu'ils ſont privés de leur appui ,
De petits nains , bâtards de Melpomène ,
Veulent remplir le vuide de la Scène.
   -- Oh ! vous prenez un ton bien véhément ;
Et vous voilà monté ſur le tragique ;
Prétendez-vous , dans ce beau mouvement ,
Nous débiter toute une philippique ?
Puiſqu'il le faut , je dirai franchement
Ce que je penſe : aujourd'hui Melpomène
Ne peut compter beaucoup de favoris ,
Et les Stentors (2) & les froids Beaux-Eſprits
De tous côtés s'emparent de la Scène.
Mais ces diſcours ſont vains & ſuperflus ;
Nous ferons bien de briſer là-deſſus.
A ſes huit Sœurs vous préférez Thalie ;
Avec raiſon vous la trouvez jolie ;
Elle vous plaît beaucoup. -- Je l'avouerai ,
Je l'idolâtre on ne peut d'avantage ;
Et je déteſte au ſuprême degré
Ce genre ſombre , idole de notre âge ,

---

(1) Dans le moment où l'Auteur écrivoit cette Pièce , l'exil
de Mlle Sainval l'aînée , célèbre Comédienne , étoit encore tout
récent.

(2) Stentor , Capitaine Grec , qui fut au Siége de Troie , &
dont la voix , au rapport d'Homère , égaloit en force celle de
cinquante hommes.

Tous ces grands mots, tous ces beaux sentimens,
Qui font le tiers de nos Pièces du temps,
Et qui, perdant la bonne Comédie,
Ont érigé le Drame en maladie.
C'est mon avis, je le dis hautement;
J'aime bien mieux ce Poëte charmant,
Dont le fertile & sublime génie
Nous a laissé mille savans portraits
Qui semblent faits de la main de Thalie,
Ou, s'essayant sur de moindres sujets,
Plus d'une fois, avec même énergie,
Sut profiter d'un moment de folie,
Sacrifiant sa gloire à la gaieté,
Qu'un Charlatan sur ses trétaux monté,
Qui, se parant d'un style énergumène,
Dévotement vient nous prêcher en Scène.
L'un est un lac, un fleuve impétueux,
Qui, parcourant de fertiles campagnes,
Fait admirer son cours majestueux,
Et qui bientôt trouve un lit moins heureux,
Et se resserre au pied de deux montagnes;
L'autre, un étang, un marais infecté,
De qui les eaux dormantes & tranquilles
Languissamment baignent des prés stériles,
Et dont le sein n'est jamais agité.

‒‒Mon fils, écoute un avis salutaire

(Le Dieu des Vers veut bien te tutoyer ;
C'eſt un honneur ; & ce ton familier,
Plus que tout autre , à coup ſûr , doit te plaire);
Laiſſons cela ; ſur tout écoute-moi
Docilement , tu ne ſaurois mieux faire :
Choiſis ta Muſe , & détermine-toi
Tout au plutôt. Quand tu l'auras choiſie ,
Sois-lui conſtant , conſacre-lui ta vie.
La Belle à qui tes vœux vont s'adreſſer ,
Refuſera long-temps de t'exaucer :
Raſſure-toi , c'eſt un léger nuage ,
Dans un moment il ſe diſſipera ;
Et tu vas voir ſuccéder à l'orage
Un calme heureux que rien ne troublera.

CHANT
*PATRIOTIQUE**.

O mes Concitoyens ! ô généreux Français !
 Peuple refpecté, dont la gloire
 Eft sûre de vivre à jamais,
Français, réveillez-vous; de vos anciens fuccès
 Auriez-vous perdu la mémoire ?
Auriez-vous (fe peut-il ?) oublié les hauts - faits
De ces braves Guerriers, l'honneur de votre Hiftoire,
Dont le bras indompté, brifant l'orgueil Anglais,
Sembloit à vos drapeaux enchaîner la Victoire ?
Loin de vous fans regret exilez le repos ;
Avides de périls, imitez ces Héros,
Qui, dès le premier cri que jetoit la Patrie,
Voloient, & fur leurs pas répandant la terreur,
 Pleins d'une glorieufe envie
 D'éternifer leur fuprême valeur,
Alloient verfer leur fang & prodiguer leur vie.

Au bout de l'Univers traînant tous les fléaux,
L'Anglais, enflé d'une ridicule hommage,

---

* Cette Pièce fut compofée peu de temps après le combat naval qui s'eft donné devant la Grenade.

Affectera le nom de Souverain des eaux!
Au milieu de nos ports, ses superbes vaisseaux
Oseront menacer les nôtres d'esclavage !
    Et nous, Français, qui, tant de fois
    Faisant plier son vain courage,
    A cet Insulaire sauvage
    Avons jadis donné des loix,
Nous souffrirons (Grand Dieu ! detourne cet augure)
Qu'à nos Lis triomphans usurpant leur splendeur,
Un ennemi jaloux nous commande en Vainqueur !
Ah ! s'il faut soutenir cette cruelle injure,
Qu'êtes-vous devenus, Héros plein de valeur ;
    Qui, portant chez lui la terreur,
Opposiez à sa rage une invincible égide ?
Forbin, Tourville ; & toi, vaillant Breton ;
Duguay, dont le courage héroïque, intrépide,
Confondit tant de fois l'orgueilleuse Albion :
De la nuit du tombeau sortez à l'instant même,
Quittez pour un moment l'Empire du trépas ;
    Que vos discours pénètrent nos Soldats
D'un légitime espoir, d'une valeur suprême.

    Citoyens, écoutez la voix des demi-Dieux
        Qui vous ont donné la naissance.
» On vous insulte encore, au milieu de la France
» L'Anglais fait retentir ses cris présomptueux :

» Qu'attendez-vous ? Courez, volez à fa défaite ;
  » Que la foudre en vos mains s'apprête ;
  » Puniffez fon orgueil jaloux :
» Ce coloffe ébranlé tant de fois fous vos coups,
  » A trop long-temps levé la tête «.

   Entendez-vous, ô Guerriers !
   Le fignal de la vengeance ?
   Allez foutenir la France,
   Allez cueillir des lauriers.
   Déjà le tambour réfonne,
   Et vous appelle aux combats ;
   Déjà la trompette fonne,
   Que rien n'arrête vos pas.
   Bientôt vous verrez paraître
   Vos perfides ennemis ;
   Sans peine à leurs fronts foumis
   Vous pourrez les reconnaître.
   Généreux enfans de Mars,
   Troupe indomptée & guerrière,
   Abattez les étendards
   De cette Albion fi fière.
   Que de tous ces bataillons
   Qui jufques dans nos maifons
   Prétendoient porter la guerre
   Et ravager nos moiffons,

Frappés de votre tonnerre,
Les corps étendus par terre,
Rendent nos champs plus féconds.

Que vois-je ? quelle ardeur ! quel courage indomptable
Les anime à l'inftant & brille dans leurs yeux !
　　　Sur une flotte formidable
Mille & mille Héros toujours victorieux
Bravent l'effort des vents & les flots orageux.
　　　Ainfi jadis les foutiens de la Grèce,
Tous ces hardis Mortels qui fuivirent Jafon ;
　　　Alloient, pleins d'une noble ivreffe,
Aux champs de la Colchide enlever la Toifon.
Guerriers, auffi-bien qu'eux la Gloire vous appelle ;
D'ESTAING eft votre Chef, il eft digne de vous ;
A fon nom de tout temps la Victoire eft fidelle,
Et l'Anglais va bientôt fuccomber fous fes coups.

C'en eft fait, le combat des deux côtés s'apprête ;
Bellone, dont le fouffle embrafe l'Univers,
La fanglante Bellone embouche la trompette,
Et l'inftrument fatal épouvante les mers.
Le frère de Jupin, à ce fon formidable,
S'élève fur fon char au milieu des vaiffeaux,
　　　Ayant en main fon trident redoutable,
Dont l'agitation produit celle des eaux.

Les Héros d'Albion, les vengeurs de la France
Se couvrent de gloire en tombant ;
Et le moins brave combattant,
De tous ses compagnons admirant la vaillance,
Au milieu d'eux meurt en les imitant.
La mer bientôt roule des flots de sang,
Et du Sommeil la fille (1) impitoyable
Savoure avec plaisir cette image effroyable.
Bientôt l'Anglais épouvanté,
Jusqu'à fuir devant nous abaissant sa fierté,
Mais nous gardant toujours une haine implacable
Va cacher loin de là sa honte ineffaçable,
Et son pavillon maltraité.

Quelque jour dans nos murs, Enfans de la Victoire ;
Vous reviendrez goûter les douceurs de la paix :
C'est alors que ma lyre, amante des hauts-faits,
De vos rares exploits partagera la gloire.
Je chanterai vos noms ; & vos noms à jamais,
Aussi bien que mes chants, vivront dans la mémoire.

---

(1) C'est ainsi que quelque Poëtes anciens appellent la Mort ;
d'autres la disent fille de la Nuit, & sœur du Sommeil.

F I N.